VENTE

HOTEL DROUOT — SALL[E]

Le Jeudi 30 Novembre 19[05]

A 2 HEURES 1/4

TABLEAUX

AQUARELLES - DESSINS

Anciens et Modernes

OBJETS D'ART

MEUBLES ANCIENS & DE STYLE

Mᵉ F. LAIR-DUBREUIL
COMMISSAIRE-PRISEUR
6, Rue de Hanovre, 6

M. Arthur BLOCHE
EXPERT PRÈS LA COUR D'APPEL
51, Rue Saint-Georges, 51

EXPOSITION PUBLIQUE

Le Mercredi 29 Novembre 1905, de 2 heures à 6 heures

CATALOGUE
DE
TABLEAUX
Modernes et Anciens
AQUARELLES ET DESSINS
DE

*Breughel de Velours et Platzer, Cochin, Corot
Damoys, David, Delpy
Detaille, Eliot, Fromentin, Van Hosch, Leblant
Luigi, Loir, Raffaëlli
Stevens, Voillemot, de Vos, Vuillefroy, etc.*

17 Œuvres de JEAN LÉRY : *Vues de Paris*

et 20 Paysages d'Octave VOLANT

OBJETS D'ART — BOIS SCULPTÉS

BRONZES, MARBRES, PORCELAINES, FAÏENCES
MINIATURES, OBJETS DE VITRINE

MEUBLES ANCIENS ET DE STYLE
TENTURES

dont la vente aura lieu

HOTEL DROUOT — SALLE N° 7
Le Jeudi 30 Novembre 1905

A 2 HEURES 1/4

Mᵉ F. LAIR-DUBREUIL	**M. ARTHUR BLOCHE**
COMMISSAIRE-PRISEUR	EXPERT PRÈS LA COUR D'APPEL
6, rue de Hanovre, 6	*51, rue Saint-Georges, 51*

Chez lesquels se trouve le présent catalogue

EXPOSITION PUBLIQUE
Le Mercredi 29 Novembre 1905, de 2 à 6 heures

CONDITIONS DE LA VENTE

Elle sera faite expressément au comptant.

Les acquéreurs paieront 10 o/o en sus des enchères.

L'exposition mettant le public à même de se rendre compte de l'état des objets, il ne sera admis aucune réclamation une fois l'adjudication prononcée.

PARIS — IMP. C. CHAUFOUR, 8 & 10, RUE MILTON

DÉSIGNATION

TABLEAUX

AQUARELLES, PASTELS

BERTHOD

1 — Vaches au pâturage.

BIGNOLI

2 — La Partie de cartes. Aquarelle.

BOUCHER (D'après)

3 — La Toilette de Vénus.

BREUGHEL DE VELOURS ET PLATZER

4 — Vénus et l'Amour.

C'est dans une vaste salle où aboutissent des galeries laissant entrevoir le paysage, au milieu d'armures amoncelées, de livres entassés, les murs tapissés de tableaux, scènes de batailles et de supplices, que la déesse prodigue des caresses à son fils. Dans le lointain, des personnages se livrent à des travaux de tous genres.

Tableau curieux et très fin, cadre bois sculpté.

CATHALINAUX

5 — Vaches au paturage sur la lisière d'un bois. Signé.

COCHIN

6 — Portrait de Mme Favart. Petit dessin au crayon.

COROT (Attribué à)

7 — Paysage montagneux.

DAMOYS

8 — Paysage. Bords de rivière.

HERZ

17 — Noce surprise par l'orage.

VAN HOSCH

18 — Coin de port de mer en Hollande.

JACQUAND (Claudius)

19 — En prison.

LANTARA

20 — Le Moulin. Dessin au crayon.

LEBLANT

21 — Scène des Chouans au bivouac. Beau Tableau. Signé.

22 — L'Arrivée des croisés. Dessin au crayon.

23 — L'Empereur. Dessin au crayon.

LE BRUN

24 — Gil-Blas déclamant.

LÉRY (Jean)

25 — L'Eglise Sainte-Geneviève.

26 — L'Eglise Saint-Pierre de Montmartre.

27 — La Place de la Concorde.

28 — L'Eglise Saint-Augustin.

29 — La Jardin du Luxembourg.

30 — La Place de l'Etoile.

31 — Le Pont-Neuf.

32 — La Place de la Bastille.

33 — Le Pont Notre-Dame.

34 — L'Avenue des Acacias.

35 — L'Avenue du Bois.

36 — Le Quartier Saint-Germain.

37 — Le Point-du-Jour.

38 — Roses dans un baquet.

LÉRY (Jean)

39 — Bouquet de roses.

40 — Le Jardin des Tuileries.

41 — Coucher de soleil. Coteaux de Triel.

LOIR (Luigi)

42 — **Vue de Pierrefitte. Aquarelle. Signée.**

MACIARO

43 — Chasseur à l'affût. Dessin.

44 — Oiseaux perchés. Dessin.

MOSNI (H.)

45 — Marine.

PÉRAIRE (Paul

46 — Les Lavandières.

RAFFAELLI (J.F.)

47 — Le Chemineau.

SEIFONI

48 — Un Mousquetaire.

STEVENS (Alfred)

49 — Marine. Signé.

STEVENS (Genre de)

50 — Tête de jeune fille.

VOLANT (Octave)

51 — La Plaine de Champagne.

52 — Brouillard sur l'Oise.

53 — Givre à l'Isle-Adam.

54 — Vue sur Auvers-sur-Oise.

55 — Les Pruniers en fleurs.

56 — Bords de l'Oise (Château des Alouettes).

57 — La Vieille écluse (l'Isle-Adam).

58 — La Grimpette à Parmain.

VOLANT (Octave)

59 — Moissonneurs.

60 — Après la pluie.

61 — Pommiers en fleurs.

62 — Démolition d'un vieux barrage.

63 — Givre du matin.

64 — Bords de rivière.

65 — Le Potager.

66 — Femme étalant du linge.

67 — Arbres dans la plaine. Effets de neige.

68 — Les Derniers marronniers.

69 — Les Saules du bras du moulin.

VELSEN (A.)

70 — Déjeûner de fiançailles.

VOILLEMOT (Ch.)

71 — La Nuit.

VOS (De)

72 — Singes jouant. Deux petits tableaux se faisant pendants.

VUILLEFROY

73 — Vaches au pâturage. Signé.

ECOLE ANCIENNE

74 — Jésus et ses disciples.

ECOLE ANCIENNE

75 — Présentation du Dauphin.

ECOLE ESPAGNOLE

76 — Batailles. Deux pendants.

77 — Scène de bataille.

78 — Après la victoire. Deux pendants.

ECOLE ESPAGNOLE

79 — Le mangeur de haricots.

80 — La Vierge. Encadrement de branches de fleurs.

ECOLE FLAMANDE

81 — Le Christ.

82 — La Vierge et l'Enfant.

83 — Paysage. Panneau.

ÉCOLE FRANÇAISE

84 — Couronnement de l'Amour. Pastel.

85 — Tête de nègre.

ÉCOLE HOLLANDAISE

86 — Scènes d'intérieur. Deux toiles se faisant pendants.

ÉCOLE ITALIENNE

87 — Enfant à l'oiseau et amour.

ECOLE MODERNE

88 — Portrait de jeune garçon.

89 — Portrait de femme.

90 — Portrait de jeune femme tenant un livre.

91 — Paysage. Effet de soleil couchant.

OBJETS D'ART

BOIS SCULPTÉS

92 à 106 — Environ vingt pièces statuettes et groupes en bois sculpté gothique.

107 — Deux boites à épices en bois sculpté. Travail provençal.

108 — Statuette en ancien bronze de la Chine patine brune : représentant le Dieu de la fécondité.

109 — Divinité accroupie les mains jointes ; ancien bronze chinois patine dorée.

110 — Deux divinités en ancien bronze chinois relevé de peintures.

111 — Divinité en ancien bronze chinois représentant un vieillard debout.

112 — Deux divinités en ancien bronze chinois.

113 — L'Immortalité, par J. Caussé, groupe en métal.

114 — Galerie de foyer en bronze.

115 — Paire de vases sur piédouches en faience flambée.

116 — Jardinière en faience émaillée monture en bronze.

117 — Petit christ en ivoire sur croix garnie de damas rouge.

118 — Vitrail ovale, personnages.

119 — Haut relief en marbre : Rêverie, signé Rible.

120 — Assiette en ancienne porcelaine d'Allemamagne, décor à fleurs.

121 — Paire de flambeaux en métal argenté. Style
Louis XIII.

122 — Plat rond en faience hispano-mauresque à
reflets métalliques.

123 — Groupe en marbre : Bacchante tenant un
petit faune, signé Palma.

124 — Personnage chinois en bois sculpté.

125 — Deux statuettes en marbre sculpté : Personnages chinois.

126 — Petit buste de femme du XVIIIe siècle, en
pierre sculptée.

127 — Cadre doré.

128 — Fusil de chasse à percussion centrale.

129 — Carabine Winchester à répétition.

MINIATURES

OBJETS DE VITRINE

130 — Miniature : Portrait présumé de Mademoi-
selle La Vallière.

131 à 133 — Cinq miniatures: portraits.

134 — Camée sculpté : Tête de femme.

135 — Miniature portrait de femme.

136 — Miniature sur ivoire ; portrait de femme
Louis XVI, cadre en bronze.

137 — Miniature ovale portrait d'homme, cadre
en métal.

138 — Miniature ronde : portrait du Roi de
Rome.

139 — Boite ronde en vernis Martin, décor à
scènes champêtres.

140 — Etui en vernis Martin, décor à personnages dans le goût de Lancret.

141 — Petit boite à mouches en écaille ornée d'incrustations.

142 — Quatre petits dessins et gravures de David, Choquet, Chasselat.

143 — Deux petits dessins : Paysages.

MEUBLES

144 — Commode Louis XVI en marqueterie de bois à fleurs : dessus de marbre.

145 — Commode Louis XV à trois tiroirs en marqueterie de bois, dessin à losanges, dessus de marbre brèche.

146 — Petite armoire Louis XVI en bois de rose ouvrant à deux vantaux pleins.

147 — Meuble de salon en bois sculpté et doré de style Louis XVI couvert en soie brochée composé de : un canapé, deux fauteuils et huit chaises.

148 — Table à jeu en acajou et cuivre. Style
Louis XVI.

149 — Deux fauteuils en bois laqué blanc. Style
Louis XV recouverts en velours frappé vert.

150 — Une table à ouvrage.

151 — Paravent à trois feuilles en cuir.

TENTURES

152 — Deux décors de fenêtres en soie brochée
avec galeries.

153 — Peau de loup.

154 — Objets omis.